Is le

an leabhar seo

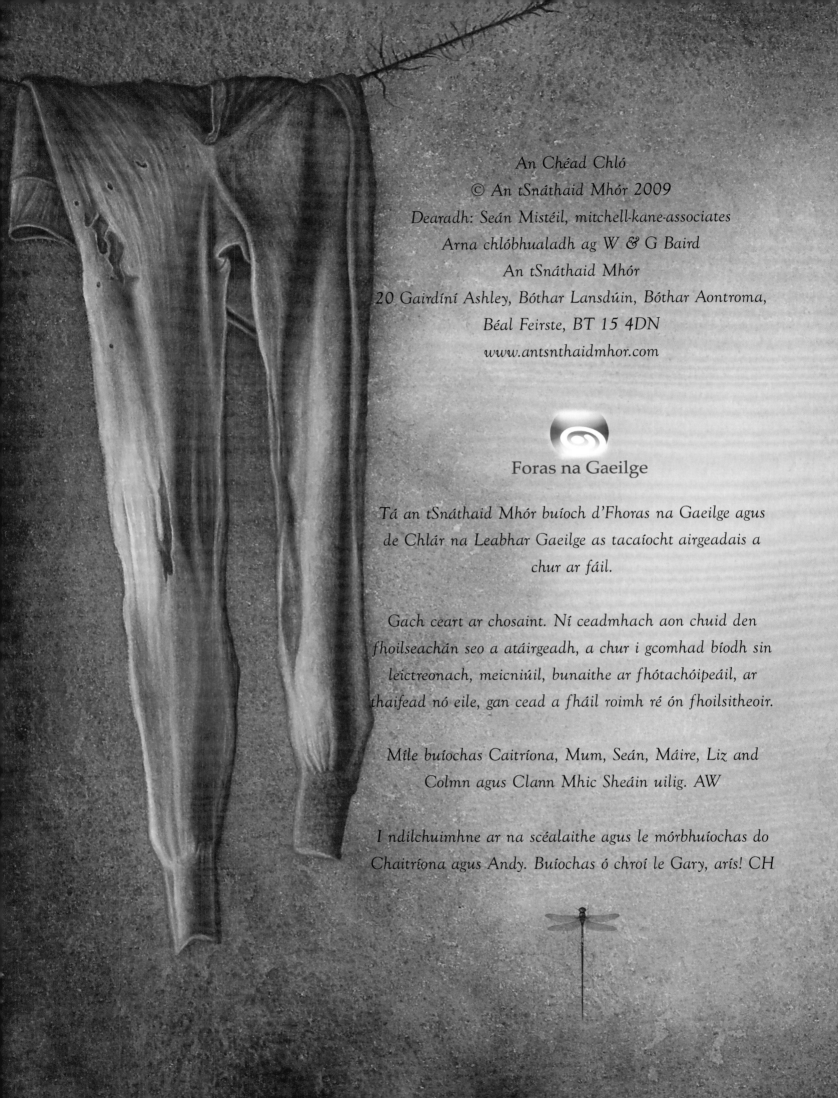

An Chéad Chló

© An tSnáthaid Mhór 2009

Dearadh: Seán Mistéil, mitchell-kane-associates

Arna chlóbhualadh ag W & G Baird

An tSnáthaid Mhór

20 Gairdíní Ashley, Bóthar Lansdúin, Bóthar Aontroma,

Béal Feirste, BT 15 4DN

www.antsnthaidmhor.com

Foras na Gaeilge

Tá an tSnáthaid Mhór buíoch d'Fhoras na Gaeilge agus de Chlár na Leabhar Gaeilge as tacaíocht airgeadais a chur ar fáil.

Míle buíochas Caitríona, Mum, Seán, Máire, Liz and Colmn agus Clann Mhic Sheáin uilig. AW

I ndilchuimhne ar na scéalaithe agus le mórbhuíochas do Chaitríona agus Andy. Buíochas ó chroí le Gary, arís! CH

AN GRÉASAÍ BRÓG
AGUS NA SIÓGA

Le Caitriona Hastings agus Andrew Whitson

Bhí gréasaí bróg agus a bhean ann, aon uair amháin.
Bhí siad beo bocht.

F ear maith ionraice a bhí sa ghréasaí agus bhíodh sé ag obair go dian dícheallach gach lá a tháinig. Ach ní raibh an saol ag éirí go rómhaith leis. Ba chuma cad é a dhéanadh sé, ní raibh na daoine ag ceannach a chuid bróg. Ba mhinic é féin agus a bhean ar an ghannchuid.

Tráthnóna amháin, ní raibh fágtha ag an ghréasaí ach go leor leathair le haghaidh péire amháin bróg. Shocraigh sé ar na bróga a ghearradh amach an oíche sin agus iad a dhéanamh an chéad mhaidin eile. D'ith sé féin agus a bhean suipéar beag bocht agus chuaigh sé a luí.

M aidin lá arna mhárach, nuair a mhúscail an gréasaí, isteach leis chuig an bhinse oibre chun na bróga a dhéanamh. Ach cad é a bhí ansin ar an bhinse roimhe? Péire deas bróg - na bróga ba dheise dá bhfaca sé riamh! Scrúdaigh sé na bróga go mion ach locht ní raibh orthu. Bhí iontas ar an ghréasaí. An chéad duine a tháinig isteach sa siopa an lá sin, shíl sé a mhór de na bróga agus d'íoc sé praghas mór maith orthu.

Bhí a sháith airgid ag an ghréasaí ansin chun ábhar dhá phéire bróg a cheannach, rud a rinne sé. An oíche sin, ghearr sé amach na bróga, réidh i gcomhair na maidine. D'ith sé féin agus a bhean a suipéar. Chuaigh sé a luí ansin, agus é breá sásta leis féin.

Ar theacht a fhad lena bhinse oibre don ghréasaí an chéad mhaidin eile, scanraigh sé. Cad é a bhí ansin os a chomhair amach ach dhá phéire bróg – iad ar na bróga ba ghleoite dá bhfaca sé riamh! Scrúdaigh sé go mion iad ach locht ní raibh orthu. Agus an chéad duine a tháinig isteach sa siopa an mhaidin sin, cheannaigh sé an dá phéire. Thug sé praghas mór maith orthu nó is iad a bhí go hálainn.

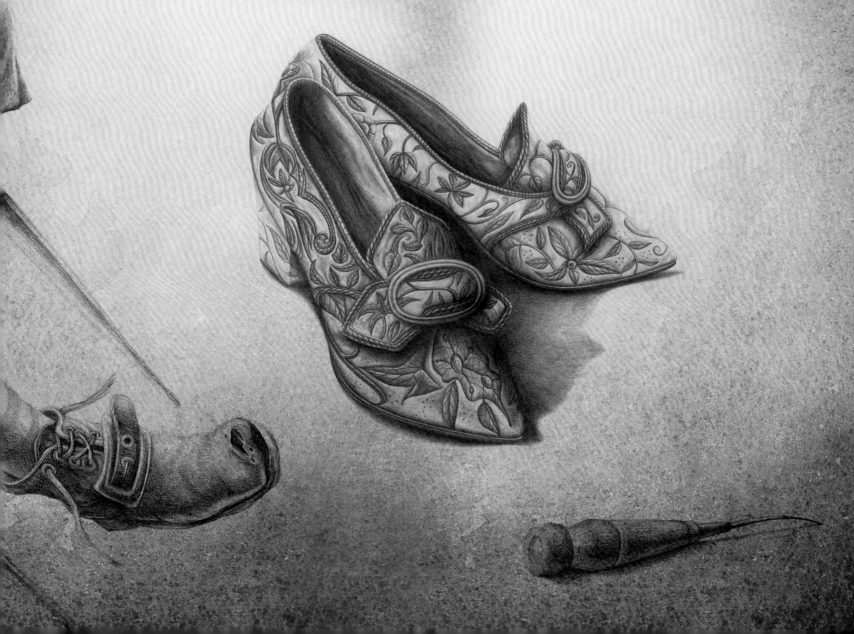

B hí go maith agus ní raibh go holc. Bhí go leor airgid ag an ghréasaí chun leathar ceithre phéire bróg a cheannach, rud a rinne sé. Ghearr sé amach an leathar ar an dóigh chéanna. D'ith sé a shuipéar agus chuaigh a luí agus é sona sásta suaimhneach ann féin.

Maidin lá arna mhárach, bhí ocht mbróg ar an bhinse roimhe, iad déanta go deas agus go slachtmhar. Arís eile, tháinig daoine isteach chuige a bhí sásta na bróga uilig a cheannach uaidh, agus praghas ard a thabhairt orthu. Bhí an gréasaí in ann an dá oiread leathair arís a cheannach, an lá sin.

Is mar sin a bhí an scéal ag dul ar aghaidh go ceann i bhfad. Ghearradh an gréasaí amach na bróga gach oíche sula dtéadh sé a luí. Agus gach maidin, bhíodh na bróga galánta ar an bhinse roimhe. Bhí clú agus cáil air anois de thairbhe feabhas a chuid oibre.

Bhíodh daoine ag teacht chuige as gach cearn den tír chun bróga a cheannach uaidh.
D'fhéadadh sé a rogha praghas a iarraidh nó bhí a ainm mar ghréasaí i mbéal an
phobail. Bhí an gréasaí agus a bhean ina suí go te. Bhí siad buíoch beannachtach as an
chor nua seo ina saol.

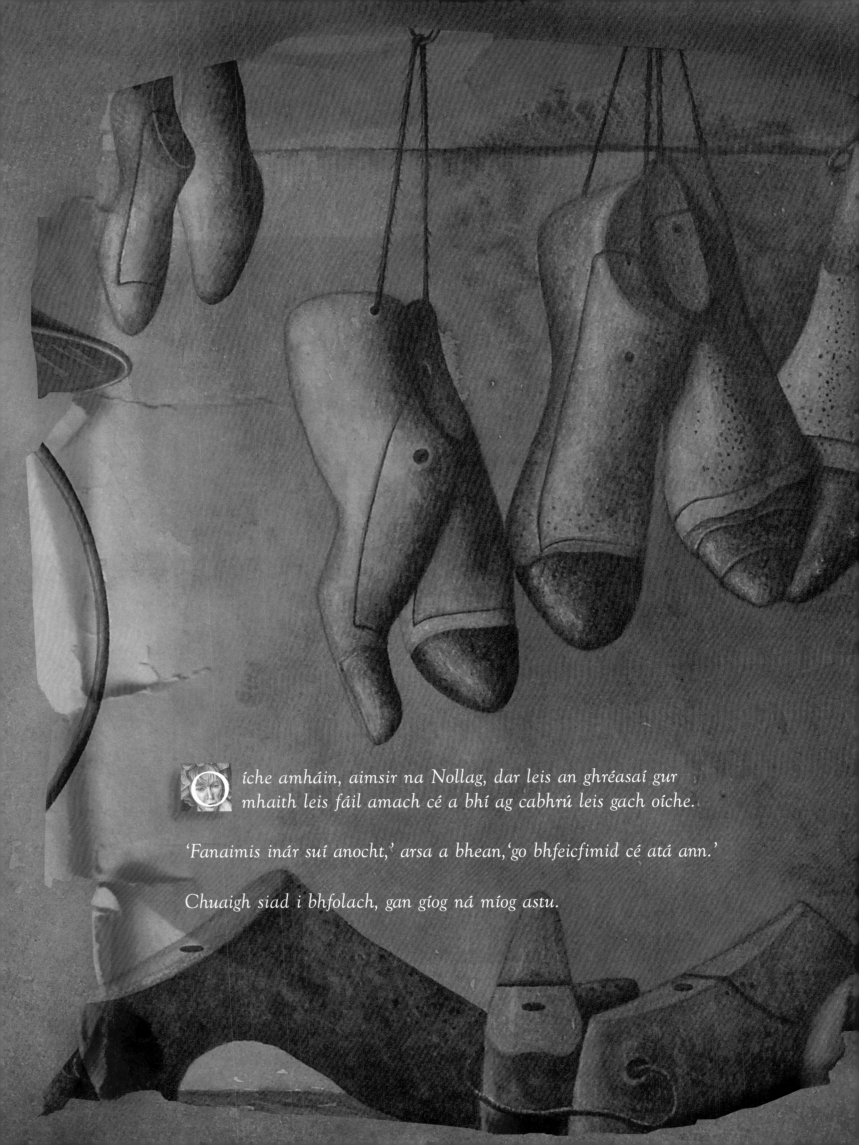

íche amháin, aimsir na Nollag, dar leis an ghréasaí gur
mhaith leis fáil amach cé a bhí ag cabhrú leis gach oíche.

'Fanaimis inár suí anocht,' arsa a bhean, 'go bhfeicfimid cé atá ann.'

Chuaigh siad i bhfolach, gan gíog ná míog astu.

Amach san oíche, tháinig beirt fheairíní isteach. Daoine beaga tanaí a bhí iontu, gan orthu ach scifleoga d'éadaí gioblacha caite.

Suas leis an bheirt ar an bhinse agus chrom ar an leathar. Lean siad orthu ag obair go raibh líne fhada bróg ar an bhinse rompu. Le bánú an lae, d'imigh siad amach an doras. Bhí a gcuid oibre déanta.

Bhí a sáith iontais ar an ghréasaí agus ar a bhean.

'Sin anois an bheirt atá ag cabhrú linn gach oíche!' arsa bean an ghréasaí. 'Nach trua iad na créatúir agus gan orthu ach scifleoga d'éadaí,' a d'fhreagair an gréasaí.

'Tá's agam cad é a dhéanfaimid,' arsa an bhean. 'Déan thusa péire bróg dóibh –
déanfaidh mise culaith éadaigh agus stocaí.'
Agus sin an rud a rinne siad.

Ghearr an bhean amach léinte geala agus brístí beaga don bheirt sióg agus rinne sí iad a fhuáil. Rinne sí hataí beaga péacacha dóibh. Rinne sí stocaí beaga fíneálta le cur ar a gcosa.

Agus an gréasaí é féin, fuair seisean píosa leathair a bhí chomh mín le síoda. Ghearr sé amach dhá phéire bróg, na bróga is lú a rinne sé riamh. Chaith sé dua le gach uile ghreim a chuir sé isteach iontu, chun go mbeadh na bróga ar barr feabhais - mar a d'oirfeadh do na strainséirí beaga a bhí i ndiaidh an oiread sin cuidithe a thabhairt dó féin agus dá bhean.

Nuair a bhí deireadh déanta acu, is iad a bhí sásta. Leag an gréasaí na baill éadaigh agus na bróga ar an bhinse, áit ar ghnách leis an leathar a leagan gach oíche eile. Chuaigh sé féin agus a bhean i bhfolach arís, iad ag fanacht leis na daoine beaga filleadh.

Amach san oíche, d'fhill an bheirt arís. Suas leo ar an bhinse chun tabhairt faoin obair. Nuair a chonaic siad na héadaí agus na bróga, gheit siad le háthas. Chaith siad díobh na seanscifleoga. Chuir orthu na héadaí, na hataí, na stocaí agus na bróga nua. Bhí ríméad orthu. Anuas den bhinse a tháinig siad agus dhamhsaigh siad amach an doras. Bhí siad ag gáire agus ag súgradh le méid an ghliondair a bhí ar a gcroí.

Agus sin an radharc deiridh a fuair an gréasaí agus a bhean ar na daoine beaga. Níor fhill siad riamh ina dhiaidh sin.

Bhí ardchlú ar an ghréasaí faoin am sin agus bhíodh daoine ag triall air ó na ceithre hairde fichead chun péire bróg a cheannach uaidh. Ní raibh aon ghanntanas air níos mó agus mhair sé féin agus a bhean go sona sách an chuid eile dá saol.

Buíochas

Ba mhaith linn ár bhfíorbhuíochas a ghabháil leis an mhuintir a thoiligh cuidiú agus comhairle dúinn chun saothar a thabhairt i gcrích.

Táimid faoi chomaoin ar leith ag Seán Mistéil ildánach agus ag Isabelle Kane, beirt a thug gach comhairle agus cuidiú dúinn go tuisceanach foighdeach! Míle buíochas.

Tá an tSnáthaid Mhór buíoch d'Fhoras na Gaeilge agus de Chlár na Leabhar Gaeilge as tacaíocht airgeadais a chur ar fáil.

Léamh Profaí : Áine Nic Gearailt, Fedeilme Ní Bhroinn, Fíona Mhic Chumhail.

Lucht Tacaíochta

Comhairle le Danny "The Hands" Thompson agus Pat McKiernan

Na Maincíní : Pádraig ó Tuairisc, Máire Andrews, Seán Mac Seáin.

Éadaí : Siopa Cultacha, Dramaqueens, Br Ormeau.

Robert McMillen, Iris Colour, Raidió Fáilte, An Cultúrlann.

Grianghrafadóireacht : Mal McCann

Láthair : Cultra, Mandy Cowen, Greyabbey

Scannánaíocht : Seán Mac Seáin

Dlúthdhiosca agus Fuaim : Simon Wood & Glen Wooten
Ba mhaith linn ár mbuíochas a ghabháil, go háirithe le Simon Wood, ESC, NVTV agus ILBF.

Ceol: Caoimhín Mac Giolla Chatháin

Scéalaí : Dónall Mac Giolla Chóill